Les illustrations de ce livre ont été faites au fusain, à la peinture acrylique, et doivent aussi beaucoup à la manipulation numérique.

ISBN 978-2-211-20539-9
Première édition dans la collection *lutin poche* : mai 2011
© 2011, l'école des loisirs, Paris, pour l'édition dans la collection *lutin poche*
© 2009, Kaléidoscope, Paris, pour l'édition en langue française
© 2008, Suzy Lee, pour le texte et les illustrations
Titre de l'ouvrage original : THE WAVE.
Éditeur original : Chronicle Books LLC
680 Second Street, San Francisco, California 94107, USA.
Loi numéro 49 956 du 16 juillet 1949 sur les publications destinées à la jeunesse : mars 2009.
Dépôt légal : août 2025
Imprimé en France par Pollina à Luçon - 502450

Suzy Lee

kaléidoscope
les lutins de l'école des loisirs
11, rue de Sèvres, Paris 6ᵉ

Pour Sahn, mon nouveau-né – S. L.